ALBERT VUAFLART, PARISIEN

LA MAISON

DU

COMTE DE FERSEN

RUE MATIGNON

La journée du 20 juin 1791 — Monsieur Léonard

EXTRAIT DES « MÉLANGES ÉMILE LE SENNE »

PARIS — M·CM·XVI

La maison de Fersen, rue Matignon

LA JOURNÉE DU 20 JUIN 1791 — MONSIEUR LÉONARD

Le Comte Jean-Axel de Fersen avait trente-quatre ans en 1790. Il était capitaine aux Gardes du corps du Roi de Suède et chevalier de l'Ordre de l'Épée. En France, il était colonel-propriétaire du régiment Royal-Suédois et titulaire de la Croix du Mérite militaire. Enfin l'Ordre de Cincinnatus lui avait été accordé par Washington pour sa brillante conduite à la guerre d'Amérique. Il partageait son temps entre Valenciennes, où son régiment tenait garnison, et Paris où il habitait un petit hôtel qui existe encore au numéro 31 de la rue Miromesnil. Bien que très absorbé par ses fonctions militaires, ses assiduités à la Cour de Versailles et sa brillante situation mondaine, il entretenait encore avec son Souverain, grand ami de la France, des relations politiques que les événements de la Révolution rendaient chaque jour plus étroites.

Le 7 janvier 1790, Fersen écrit d'Aix-la-Chapelle à Gustave III pour le remercier de « la marque de confiance dont Sa Majesté a bien voulu l'honorer », et touchant les affaires de France. Mais comment faire, ajoute-t-il, pour rétablir l'autorité royale tant que Louis XVI et sa famille seront prisonniers à Paris? On n'ose rien entreprendre de peur de les compromettre; l'essentiel, cependant,

est de les en sortir. « Pour remplir les intentions de Sa Majesté »,
il sera de retour à Paris le 17 ou le 18 janvier. La journée du
20 juin 1791 se trouve en puissance dans cette lettre véritablement
prophétique.

L'ambition du Roi de Suède était d'être placé à la tête de la
contre-révolution européenne, d'arracher tout d'abord la Famille
royale au rôle d'otage qu'elle jouait aux Tuileries depuis les journées d'octobre, puis de commander les armées coalisées capables de
maîtriser la Révolution française. Son représentant officiel à Paris,
le Baron de Staël-Holstein, était trop acquis aux idées nouvelles, du
fait de sa femme, fille du banquier Necker, pour le seconder dans
ses vues. Voilà pourquoi Gustave III confiait à Fersen, dès les premiers jours de l'année 1790 et au moment même du procès Favras,
la mission de rester à demeure à Paris, d'y être en quelque sorte son
ambassadeur secret auprès du Roi de France et de faciliter de tout
son pouvoir les communications entre les deux Souverains.

Certes, Gustave III ne pouvait faire un meilleur choix. Outre
des qualités reconnues de prudence et de décision, d'habileté et de
courage, son fidèle sujet mettait au service de son ambition un état
d'âme qui engendre des miracles : l'amour, profond et partagé, qui
l'attachait à la Reine Marie-Antoinette.

A partir de ce moment, Fersen entre de plus en plus dans la vie
de Louis XVI et de Marie-Antoinette au point de devenir rapide-
ment le conseiller le plus écouté, le familier indispensable. Il chiffre
et déchiffre les dépêches, propose les lignes de conduite que com-
mandent les événements, correspond avec les Cours étrangères,
distribue les fonds de propagande, inspire les ordres et les transmet.
Bref ce Suédois tient entre ses mains toutes les affaires du Roi de
France. S'il ne participe pas directement aux projets d'évasion dont
le nombre, l'ingéniosité et les dangers d'exécution sont à l'honneur
des fidèles de la Monarchie, il ne les ignore pas non plus. On sait que
les tentatives d'Augeard, du Comte d'Hinnisdal, du Comte Esterhazy,
de Mirabeau lui-même, furent toutes repoussées par Louis XVI dont
l'indécision devenait plus qu'une faiblesse, un danger.

Madame Élisabeth écrivait à la Marquise de Raigecourt, le
24 octobre 1790, dans le style imagé qui lui permettait de dire
toutes choses : « J'ai vu l'homme qui est si beau; il est un peu à la
désespérade. Son malade a toujours des engourdissements dans les
jambes et il craint que cela ne gagne tellement les jointures qu'il

n'y ait pas de remède. » Si, comme je crois, ce texte s'applique à Fersen, au *beau Fersen* comme on l'appelait à la Cour, cela prouverait qu'il était le premier à se désoler de voir les meilleurs projets se heurter à l'irrésolution du Roi.

Cependant les jambes de Louis XVI se dégourdirent enfin, puisqu'en cet automne de 1790 il accepta d'entamer des pourparlers avec le Marquis de Bouillé qui commandait l'armée de Meuse et Moselle. Cette fois Fersen ne s'en rapportera qu'à lui-même pour mener toute l'affaire d'accord avec Gustave III, et dans le plus grand secret possible. Ce sera le voyage du 20 juin 1791, à destination de Montmédy, tragiquement interrompu à Varennes-en-Argonne.

*
* *

A cette période la plus intéressante de la vie de Fersen, et qui s'étend du 18 janvier 1790 au 20 juin de l'année suivante, correspond un nouveau domicile à Paris. Il abandonne volontairement l'hôtel de la rue Miromesnil pour habiter rue Matignon, autrement dit Millet, car cet ancien nom de la rue était encore employé, notamment par Watin. Aucun document ne m'est connu touchant sa nouvelle location. Mais elle doit être de 1790, puisque l'*Almanach des demeures des ci-devant nobles*, publié par Lesclapart, la mentionne dès 1791. Et même il faut la placer au début de l'année, car il y a certainement une relation de cause à effet entre la mission secrète dont le chargeait Gustave III et le choix d'une maison plus propice à ses desseins politiques.

La rue Matignon, n'ayant pas encore absorbé la Petite rue Verte, ne mesurait alors que 95 toises de longueur. Elle commençait au faubourg Saint-Honoré pour se terminer à la rue Rousselet, aujourd'hui Rabelais, et à l'amorce de la voie transversale des Champs-Élysées, maintenant avenue Matignon. Puisqu'elle va perdre l'aspect modeste et vieux-parisien qui nous la faisait aimer, que deux anciens logis qui en sont l'ornement vont disparaître, l'occasion est bonne d'en fixer sommairement l'histoire et la topographie.

Jean-Jacques Millet, maître-menuisier à Paris, avait acquis la majeure partie des terrains, sauf celui à l'angle oriental du faubourg, le 21 octobre 1768 et par contrat passé devant le notaire Clos, de Geneviève-Catherine Petit, femme de Leroy de La Potterie. Le 18 août 1774, Anne-Marie-Claude Simon de Mozar, épouse de

François-Honoré Viany, lui vendit à son tour le terrain d'angle; l'acte fut établi par le notaire Baron. Voilà Millet en possession du quadrilatère convoité; la même année il commence sa rue. A trois reprises le Bureau des Finances fait opposition aux travaux. La rue Millet s'achève cependant, mais le Bureau de la Ville décide, le 30 mars 1781, de ne pas la comprendre au nombre des voies publiques. Enfin des Lettres-patentes du 8 septembre 1787 en approuvent l'ouverture et la baptisent : rue Matignon.

Divers rapprochements expliquent l'intervention royale en faveur de la rue délaissée et le beau nom qui lui fut donné. D'abord un hôtel de la rue Millet appartenait à la veuve du Vicomte de Breteuil, évidemment intéressée au classement de la voie pour mieux louer son immeuble, car elle-même logeait aux Tuileries. Or elle était cousine, par son mari, du Baron de Breteuil alors Ministre de la Maison du Roi, ayant la Généralité de Paris dans ses attributions. Et la fille unique du Ministre avait épousé en 1772 le Comte de Matignon, qui mourut l'année suivante à l'âge de dix-huit ans. Il était le dernier descendant des célèbres Maréchaux dont le nom méritait de ne pas tomber dans l'oubli.

Ces incidents administratifs n'avaient pas empêché l'actif menuisier de poursuivre la mise en valeur de ses terrains. Il avait fait bâtir quatre maisons, deux de chaque côté de la rue; en 1782, il en vendit une au Vicomte de Breteuil. Sur ces entrefaites, le 13 novembre 1783, sa femme vint à mourir, laissant sept enfants mineurs. Millet était commun en biens avec Anne-Adélaïde Sauvage qu'il avait épousée en 1772. Il conserva le terrain d'angle, acheté en 1774, et les trois maisons furent adjugées, de 1785 à 1787, par sentences de licitation du Châtelet de Paris.

Quand le Comte de Fersen vint s'installer rue Matignon, voici quelle était la physionomie de cette voie retirée, perdue au milieu des grands jardins qui s'étendaient entre le faubourg et les Champs-Élysées.

A gauche et au coin du faubourg Saint-Honoré, était un grand terrain « en non valeur » de 908 toises de superficie; il appartenait à Jean-Jacques Millet, le créateur de la rue. A la suite venait une propriété de 16 toises de façade, adjugée au Châtelet le 18 mars 1786 à M. de La Flotte, capitaine d'infanterie. Elle était imposée à 3 000 livres et Watin la numérote : 1. L'*Almanach Royal* indique comme demeurant rue Matignon, de 1788 à 1792, un Chevalier de

La Flotte, Agent des Villes Hanséatiques; il est possible que le propriétaire et le diplomate se confondent dans la même personne. Enfin une maison avec jardin, offrant 40 toises en bordure, terminait le côté gauche de la rue. Un avocat au Parlement, Étienne-Louis-Bonnard Millet, quelque parent sans doute du maître menuisier, l'avait acquise le 20 janvier 1787 par sentence du Châtelet. Elle était imposée à 4 000 livres et Watin la numérote : 2.

A droite s'élevait une grande maison d'angle, neuve, ayant 7 toises de façade sur le faubourg et 14 toises sur la rue Matignon où se trouvait l'unique entrée à porte cochère. Adjugée 100 000 livres au Châtelet le 26 novembre 1785 elle appartenait : pour la nue propriété, à Philippe Thierry fils, boulanger ordinaire du Roi à Versailles, demeurant rue de Marly, hôtel de La Feuillade; pour l'usufruit, à Louis Thierry père, Président honoraire au grenier à sel de Versailles, domicilié avenue de Paris. Elle était imposée à 8 800 livres; Watin la numérote : 4, et indique comme locataires, en 1789, le Comte de Bonnet et le Vicomte de La Rivière.

Venait ensuite un hôtel, neuf également, auquel s'ajoutait un jardin tout en longueur s'étendant jusqu'à la rue Rousselet. L'histoire de cette jolie demeure a été parfaitement racontée par mon ami Paul Jarry, au cours d'un travail récent. L'entrée à porte cochère donnait sur la cour et les communs étaient mitoyens avec la maison Thierry. Le tout faisait 81 toises en bordure de la rue. Claude-Stanislas Le Tonnelier, Vicomte de Breteuil, et Olympe-Marguerite-Geneviève de Siry de Marigny, son épouse, l'avaient acquis de Jean-Jacques Millet le 25 juin 1782 par contrat passé devant Belurgey, notaire à Paris.

Le Vicomte de Breteuil ne profita pas longtemps de son acquisition; il mourut à Suresnes le 3 novembre 1783, laissant une veuve et trois enfants mineurs héritiers de l'immeuble. Celui-ci était imposé à 5 000 livres; Watin le numérote : 3; il lui donne comme occupant en 1789 : « M. le Comte de Salmour, Envoyé de Saxe ».

Maintenant que le lecteur connaît l'emplacement des quatre maisons de la rue Matignon, je vais mettre sous ses yeux les documents, tous publiés, qui fournissent des indications précises sur le domicile de Fersen.

Voici d'abord le témoignage du Comte Louis de Bouillé, major des hussards d'Esterhazy et fils du général, qui vint à Paris dans les derniers jours de décembre 1790 pour discuter les grandes lignes du plan d'évasion : « J'arrivai donc de nuit dans une maison très retirée, *au coin* de la rue de Matignon, faubourg Saint-Honoré, et après nous être assurés que nous ne pouvions être entendus, nous entrâmes en matière. »

Un autre officier mêlé au drame, le Duc de Choiseul-Stainville, colonel du régiment Royal-Dragons à Commercy, s'exprime en ces termes à propos de la berline royale qui fut livrée en sa présence. non pas le 16 comme il l'indique, mais le dimanche 19 juin : « Cette voiture fut amenée le jeudi 16 juin devant la porte du Comte de Fersen, rue de Marigny [*sic*, pour Matignon] *au coin* de la rue du faubourg Saint-Honoré, par le sellier et ses ouvriers. »

Puis ce sont trois dépositions très nettes et concordantes de témoins entendus par la commission d'enquête chargée d'instruire « l'enlèvement » du Roi. Ces précieux témoignages ont été publiés en 1868 par Eugène Bimbenet, greffier de la Cour d'Orléans.

La dame Roulance, femme d'un voiturier demeurant rue de la Ville-l'Évêque, en face de la Vacherie suisse, chargée le 17 juin du transport d'une malle, déclare que « le charretier a été obligé d'aller la reprendre sur les sept heures et demie du soir, pour la ramener à l'hôtel de Fersen, *au coin* de la rue de Matignon. »

Alexis Gardin, garçon chez François Le Bas, loueur de carrosses, rue des Champs-Élysées, témoigne qu'un domestique de Fersen est venu le 20 juin commander trois chevaux et un postillon pour mener une voiture à Claye « et qu'il fallait les conduire à l'hôtel situé rue de Matignon, *la première porte cochère à droite* en entrant par la rue Saint-Honoré. »

Pierre Lecomte, cocher chez le même Le Bas, dépose que le 20 juin il a conduit dans Paris, à divers endroits qu'il énumère et dans une diligence à son maître, « M. de Fersen demeurant rue Matignon, *la première porte cochère à droite* en entrant par la rue Saint-Honoré ».

Voilà qui est clair. définitif, et ne laisse place à aucune hésitation : Fersen habitait la grande maison de rapport appartenant aux Thierry et placée *au coin* du faubourg. Cet immeuble est parvenu intact jusqu'à nous; il porte le numéro 19 dans la rue Matignon — où se trouve la porte cochère, *la première du côté droit*, — et le numéro 81 sur le faubourg.

La *Planche 43* donne une vue d'ensemble de la maison authen-

MAISON HABITÉE PAR FERSEN EN 1790
Angle du Faubourg Saint-Honoré et de la rue Matignon.

tique où se joua le prologue de la tragédie. Hélas! de ce logis peuplé de grands souvenirs, il ne restera bientôt que cette modeste image.

*
* *

La maison d'angle construite par Millet, et où Fersen vint loger en 1790, avait été adjugée aux Thierry père et fils, le 26 novembre 1785, par jugement du Châtelet de Paris. La sentence de licitation est accompagnée de la description minutieuse de tout l'immeuble. Il ne fait pas question de publier en entier ce trop long document, je me borne aux détails les plus intéressants.

Ladite maison tient d'un côté sur ladite rue Millet, d'autre par derrière à l'hôtel de La Vaupallière, d'un bout sur la grande rue du faubourg Saint-Honoré, et d'autre bout à la maison vendue par mon dit sieur Millet à mon dit sieur le Vicomte de Breteuil. L'emplacement de ladite maison, cour et dépendances, contient 102ᵗ, 15ᵖ, 6ᵖ, de terrain.

Elle consiste en un grand corps de logis dont la porte cochère d'entrée est par ladite rue Millet, élevée de ce côté d'un rez-de-chaussée sous lequel sont des caves, d'un entresol, et de deux étages au-dessus, et d'un étage en attique, ayant chacun onze croisées de face, et d'un étage pris dans les combles ayant quatre lucarnes... Et du côté de la grande rue du faubourg Saint-Honoré, cette maison est de pareille élévation et composée aussi d'un rez-de-chaussée appliqué à deux boutiques... chaque étage est composé de cinq croisées de face et d'un étage pris dans les combles ayant trois lucarnes... le comble de laquelle maison couvert en thuiles...

Ensuite de laquelle porte cochère est une cour quarrée pavée ainsi que le dessous de porte cochère de pavé de grais... une pompe dans l'angle à droite... La porte cochère ouvre à deux ventaux avec guichet dans celui de droite... logement du portier à droite, cuisine, office... Le vestibule du principal escalier à côté du logement du portier... est pavé de dalles de pierre avec décrotoire et il est plafonné.

Deux remises ensuite lesquelles sont pavées et plafonnées. Autre remise à gauche en entrant dans la dite cour, laquelle remise est plafonnée et pavée en pavé de grais. Écurie pour deux chevaux ; à gauche de ladite remise est la porte d'entrée de bois de chêne pleine à un ventau... laquelle écurie est éclairée par deux bayes de croisées donnant sur ladite rue.., dans laquelle écurie garnie d'auge et ratellier est pratiqué un cabinet de menuiserie pour coucher le cocher.

PREMIER ÉTAGE. — Appartement donnant sur ladite rue Millet, dont l'entrée est presqu'en face de l'escalier montant au second.

Antichambre; la porte est à deux ventaux en bois de chêne à panneaux... la baye de la croisée donnant sur ladite rue Millet.

Salle à manger; on y communique par une porte à deux ventaux... les deux bayes de croisées donnant sur la rue... cheminée... de marbre de Flandres... laquelle salle à manger est garnie d'un lambris de hauteur à panneaux de chêne... plafonnée avec corniches...

Sallon; on y communique par une baye de porte ouvrant à deux ventaux... les deux bayes de croisées donnant sur la rue... plafonné avec corniches ornées...

cheminée... de marbre blanc veiné... A droite de la cheminée est une porte feinte à panneaux de bois de chêne à deux ventaux, et à gauche est une baye de porte servant de communication à la chambre à coucher fermée d'une porte aussi à deux ventaux de chêne... Au-dessus de chacune desdites portes, ainsy qu'au-dessus de celle qui sert à communiquer au cabinet suivant, est un bas-relief en plâtre, et le pourtour du dit sallon est garni d'un lambris de bois de chêne de hauteur à panneaux avec pleinthes et cimaises.

Cabinet; la porte d'entrée est aussy de bois de chêne à panneaux, ouvrant à deux ventaux... baye de croisée... donnant sur ladite rue Millet... niche pour y recevoir un poële... l'alcôve est en menuiserie de bois de chêne... dudit cabinet on communique dans une chambre à coucher par une baye fermée d'une porte en bois de chêne...

Chambre à coucher; on y communique du sallon par ladite porte à côté de la cheminée... plafonnée à corniches... deux bayes de croisées... donnant sur la cour... cheminée .. de marbre blanc veiné... le pourtour de la chambre est garni d'un lambris d'appui à panneaux de bois de chêne... de chaque côté de ladite cheminée est une devanture d'armoire en deux parties, ouvrant à un ventau haut et bas de bois de chêne.

Garde robe; on y communique par une baye de porte à côté de la cheminée de la chambre à coucher... siège d'aisance en bois de chêne à l'anglaise. Laquelle garde robe reçoit le jour de l'escalier dérobé par une baye garnie d'un chassis... au-dessous du chassis est une porte pleine de sortie sur ledit escalier... la porte vitrée... sert à communiquer à la supente qui est au-dessus du cabinet... l'un et l'autre plafonnés et carrolés de carreaux de terre cuite.

L'autre appartement, donnant sur le faubourg et à l'angle des deux rues, comporte un cabinet de toilette en plus ; la disposition est différente, mais la décoration est identique.

La parfaite obligeance de deux notaires parisiens, Mᵉ Paul Theret et Mᵉ René Tansard, m'a permis de dresser la liste des différents possesseurs de la maison Fersen.

Philippe Thierry devient seul propriétaire en 1819, à la mort de son père, usufruitier. Le 2 novembre 1838 il fait une donation entre ses enfants à titre de partage anticipé et l'immeuble est attribué à son fils aîné, Athanase-Jean-Baptiste Thierry (Damaison, notaire). Celui-ci le vend à Jean-François Dubief et Eugénie Farjas, son épouse, le 5 mai 1841 (Damaison, notaire). Le 12 juillet 1849, Marguerite-Joséphine Jay, veuve d'Antoine-Joseph Paliard, achète la maison aux époux Dubief (Debière, notaire). A la mort de Mᵐᵉ Paliard, le 26 décembre 1857, elle passe à l'un de ses fils qui la vend à Marie-Philibert Bonjour et Léonie-Marie-Jenny Ode, son épouse, le 6 janvier 1859 (Pascal, notaire). Mᵐᵉ Bonjour, héritière de son mari, meurt le 2 septembre 1888 et l'immeuble échoit à sa nièce, Mᵐᵉ Arthur Le Jouteux, propriétaire actuelle. Un jour prochain la Ville de Paris en prendra possession pour le confier d'un cœur léger au démolisseur sacrilège.

Car les hommes vont détruire sans raison ce que le temps a respecté. La maison de Fersen va disparaître, comme aussi le délicieux hôtel Breteuil, celui qui porte le numéro 17. Ces deux immeubles vont être rayés des annales parisiennes à cause d'une quelconque opération de voirie, alors qu'aucune nécessité impérieuse et absolue ne les condamnait. Cela est si vrai que les huit premiers numéros impairs de la rue Matignon sont en déficit; c'est donc que l'Administration municipale prévoyait le lotissement du jardin Breteuil par un propriétaire avisé, et non pas sa disparition, comme aujourd'hui, au seul bénéfice de la voie publique.

A la séance de la Commission du Vieux-Paris du 9 mai 1914, M. Froment-Meurice a justifié son approbation en déclarant que le projet est ancien, qu'il remonte aux plans du Baron Haussmann. En tout cas, cet habile administrateur ne l'a pas indiqué sur le *Plan général de la Ville de Paris,* publié par ses soins en 1867, et qui fait état de toutes les améliorations, faites ou projetées. Qui ne sent la fragilité, l'anémie d'un tel argument! En vérité, l'élargissement de la tranquille rue Matignon n'apparaît pas d'une actualité si pressante qu'elle puisse compenser un tel sacrifice d'art, d'histoire et d'argent. Des voix généreuses sont restées sans écho, l'arrêt de mort est rendu. Déjà le jardin Breteuil est amputé de l'extrémité donnant sur la rue Rabelais; c'est la Guerre qui retarde le trépas des deux maisons.

Mes recherches sont restées vaines pour découvrir l'appartement qu'habita Fersen. Aucun bail chez les notaires des Thierry ; prudence de sa part, sous-location, ou bien l'acte a-t-il été établi par son notaire personnel, que j'ignore? Qu'il logeât au bel étage, le premier au-dessus de l'entresol, le fait ne paraît pas douteux, mais, des deux appartements, lequel occupait-il? Je suppose qu'il habitait celui donnant sur la rue Matignon, à l'abri de tout voisinage indiscret; devant sa porte, sous ses fenêtres, s'étendait le grand terrain Millet dont la solitude était une sécurité pour ses allées et venues continuelles.

La *Société française de secours aux blessés militaires* a occupé la majeure partie de la maison Fersen, de 1864 à 1911. La première date est celle de sa fondation, la seconde, celle de son transfert au n° 21 de la rue François-Ier. La Guerre y ramena pour un temps les services de sa pharmacie. Présentement, le premier étage est habité par l'état-major du 230° régiment territorial d'infanterie. caserné à Penthièvre. Le colonel de ce corps chartrain serait bien étonné d'apprendre qu'il succède dans ce logis, à plus d'un siècle de distance, au dernier colonel-propriétaire du Royal-Suédois. devenu le 89° régiment d'infanterie.

Dire que l'immeuble est parvenu intact jusqu'à nous, n'est évidemment qu'une façon de parler. Il faut entendre que les grandes lignes de l'architecture ont été respectées, que l'aspect extérieur a gardé son style, mais le dedans est défiguré. La maison porte allégrement ses cent trente-cinq ans, et le beau caractère qu'elle emprunte à son époque est à peine altéré par deux infirmités : trop de persiennes au dehors remplaçant les volets intérieurs, et la laideur des boutiques modernes. Les rangées de balustres aux fenêtres du premier étage, classiques depuis Gabriel, sont d'un bon effet. Au-dessus, les entablements et les guirlandes sculptées concourent avantageusement à rompre la monotonie de façades aussi développées. Mais ce qu'on ne saurait trop louer, ce sont les heureuses proportions, l'élégante simplicité de cette « boîte à loyers » de la fin du XVIII° siècle. Le célèbre hôtel de La Haye, bâti par Aubert à l'angle du Boulevard et de la rue Caumartin, et dont la jolie rotonde a été récemment mutilée, offre une façade absolument identique, à la seule réserve qu'il n'y a pas d'entresol mais un bel étage de plus.

Les changements apportés à la disposition des lieux sont minimes ; dans les appartements, la distribution ancienne se retrouve aisément. Du temps de Fersen, il n'y avait pas de boutique sur la rue Matignon ; maintenant il y en a deux. Celle au coin du faubourg s'est avancée dans la rue et une autre, plus petite, touchant l'hôtel Breteuil, a pris la place d'une partie de l'écurie. Le portier logeait à droite, au pied de l'escalier ; c'est à gauche qu'on le voit aujourd'hui. L'écurie, dont les deux baies donnaient sur la rue. n'existe plus. Enfin, dans la cour, les communs ont été remaniés.

A l'intérieur, la maison a subi les meurtrissures du temps, les sottes améliorations que la mode impose, en sorte qu'envahie par le badigeon chocolat elle n'est plus Louis XVI, sans être devenue Napoléon III ; elle est quelconque. La rampe de fer de l'escalier, d'un dessin très sobre, est toujours en place. mais une main courante d'acajou la dénature au lieu de l'enrichir. Dans les appartements du premier étage, quelques cheminées de marbre, les bas-reliefs de plâtre disposés au-dessus des portes, sont les derniers témoins des heures ardentes, du rêve passionné qu'y vécut le beau Suédois !

*
* *

La description des lieux nous a appris que la cour de l'immeuble Thierry comportait trois remises et une écurie pour deux chevaux. Le Comte de Fersen ne semble pas en avoir eu la jouissance, puisque nous verrons son valet de chambre descendre une selle et des bridons de l'appartement; elles devaient être à un autre locataire. D'ailleurs, elles étaient trop restreintes et pas assez discrètes pour servir à ses desseins. Au dire de plusieurs témoins entendus par les magistrats instructeurs, les siennes se trouvaient dans le faubourg, à peu de distance de la rue Matignon. Et la déposition du sellier-carrossier Jean Louis apporte la précision nécessaire : elles étaient « situées grande rue du faubourg Saint-Honoré, trois portes cochères au-dessus de la rue Matignon où demeurait le Comte de Fersen ». Comme ces écuries abritèrent notamment la fameuse berline et son attelage, il n'est pas sans intérêt d'identifier leur emplacement.

Voici quelles étaient les maisons du faubourg au-dessus de la rue Matignon, c'est-à-dire à gauche en allant vers Saint-Philippe-du-Roule. D'abord la maison d'angle Thierry qui, nous l'avons vu, n'avait pas de porte sur le faubourg. Venait ensuite un immeuble de 10 toises de façade à Charles Gersin, huissier, demeurant dans l'Ile Saint-Louis : 1re porte cochère. Puis se trouvaient l'entrée et la porterie du bel hôtel de La Vaupalière sur 7 toises de bordure : 2e porte cochère. La propriété suivante offrait 6 toises de façade et appartenait à Adam L'Echopier, horloger, domicilié rue Neuve-des-Petits-Champs, au coin de la rue Royale : 3e porte cochère. Par Watin nous savons qu'elle n'était pas louée bourgeoisement, puisque le sieur Barelle, fumiste, y fabriquait une cheminée économique de son invention. C'est là qu'étaient situées les écuries et les remises louées par Fersen; l'entrée se trouvait à 27 toises environ du coin de la rue Matignon.

Actuellement, l'immeuble Gersin porte le n° 83; il appartient au Baron Gourgaud. L'entrée La Vaupalière, n° 85, donne accès à l'hôtel du Baron Gérard; la porterie a fait place à l'hôtel de la *Revue de Paris,* n° 85 *bis.* Enfin la propriété L'Echopier est représentée par l'aile gauche de l'hôtel de la Marquise d'Aligre, construction moderne portant le numéro 89. Le numéro 87 est en déficit dans le faubourg Saint-Honoré. C'est dire que nulle trace ne subsiste des remises où le carrossier Jean Louis amena la berline royale dans la matinée du dimanche 19 juin 1791, la veille du départ.

* *

Le lecteur voudra bien remarquer que tous les documents utilisés pour retrouver la maison qu'habita Fersen en 1790 sont connus, imprimés. Les pièces d'archives ne sont intervenues que pour apporter des précisions. Les mémoires de Bouillé et de Choiseul, l'ouvrage de Bimbenet, le guide de Watin, ne peuvent compter au nombre des livres à découvrir. Le chemin était donc aisé à suivre pour quiconque cherchait la vérité et M. Gosselin-Lenotre était arrivé à une conclusion identique dès 1902. Voici ce qu'il écrivait dans le *Temps* du 25 octobre, à propos des lettres adressées à Fersen par une amoureuse et que Bimbenet a publiées :

Il habitait la maison neuve alors, qui a son entrée au n° 19 de la rue Matignon et qui fait l'angle du faubourg Saint-Honoré. Ses écuries étaient un peu plus haut, du même côté, dans le faubourg. C'est là que, la veille du départ, la berline est remisée...

Trois ans plus tard, en 1905, M. Lenotre publiait son beau livre : *Le drame de Varennes.* Dès les premières pages nous retrouvons l'essentiel de l'article du *Temps* et le passage concernant le domicile de Fersen, mais, ô surprise, l'auteur a changé d'opinion :

Il habitait le charmant hôtel, neuf alors, qui a son entrée au n° 17 de la rue Matignon. Ses écuries étaient un peu plus haut, du même côté, dans le faubourg Saint-Honoré. C'est là que, la veille du départ, la berline est remisée...

Que s'est-il donc passé, quel document a surgi, pour justifier une telle volte-face? Certainement aucun, puisque M. Lenotre se borne à donner comme référence le témoignage du cocher Pierre Lecomte publié par Bimbenet en 1868, et qui, d'ailleurs, va à l'encontre de cette nouvelle identification. Alors a-t-il été influencé par un renseignement oral, par l'affirmation gratuite d'un auteur qu'il ne cite pas? Entre les années 1902 et 1905 je ne vois que le Marquis

de Rochegude et son *Guide pratique à travers le Vieux-Paris* publié
en 1903. On y lit, en effet, que le Comte de Fersen habitait au
moment de la Révolution l'hôtel sis au n° 17 de la rue Matignon, c'est-à-dire l'hôtel Breteuil. Mais ce n'est qu'un guide, com-
mode et sans prétention, à l'usage des promeneurs peu exigents, et
non des historiens. Cette conversion à rebours de M. Lenotre, allant
de la vérité à l'erreur, reste un mystère.

Fondée sans preuve et de bonne foi, la légende s'est fortifiée,
elle est devenue dogme en raison même de l'incontestable autorité
que confère à M. Lenotre un talent généralement admiré. Et quand
la procédure d'expropriation ramena l'attention sur l'hôtel de la rue
Matignon, écrivains et visiteurs furent unanimes à déplorer la démo-
lition injustifiable d'un bijou d'architecture, d'une demeure parée de
toute la séduction qui s'attache au nom de Fersen.

Qu'une telle confusion ait pu se produire, le fait est déjà regret-
table pour l'érudition parisienne, mais il prend un caractère sérieux
quand un acte officiel intervient, véritable brevet d'authenticité
décerné à la pseudo maison historique. L'hôtel étant condamné on
ne pouvait songer à la plaque commémorative, alors on pensa à la
relique que recueillerait pieusement le musée municipal. Les jolies
boiseries d'un salon furent acquises par la Ville et, le 8 novembre 1913, M. Froment-Meurice pouvait annoncer une bonne nouvelle à ses collègues de la Commission du Vieux-Paris : « Le petit
salon sera reconstitué très respectueusement à Carnavalet et, à côté
des meubles de la chambre de la Reine dans la prison du Temple,
les visiteurs pourront s'arrêter avec émotion devant les boiseries qui
ont dû servir de cadre aux rêveries poignantes de son fidèle et admi-
rable serviteur. »

A coup sûr, un salon aussi délicieusement décoré était propice
aux rêveries, aux pensers les plus doux, mais celui qui s'y aban-
donna s'appelait le Comte de Salmour et non le Comte de Fersen.
C'est que conférer d'office à un personnage notoire la qualité d'ha-
bitant dans une maison qui ne fut jamais sienne, ne chasse pas du
même coup le souvenir du véritable occupant. Nous avons vu que
Watin indique au n° 3 de la rue Millet : « M. le Comte de Salmour, Envoyé de Saxe », et que ce n° 3 est certainement l'hôtel
Breteuil. A ceux qui douteraient encore, je puis fournir l'argument
péremptoire, et c'est toujours Watin qui me le procure. Il donne la
liste des XXI jardins disposés entre les Champs-Élysées et le faubourg

Saint-Honoré, et le XVII° jardin il le désigne ainsi : « Le XVII°, du n° 3 rue Millet ».

De son côté, l'*Almanach Royal*, de 1788 à 1792, mentionne rue Matignon : « M. le Comte de Salmour, Ministre Plénipotentiaire de l'Électeur de Saxe. » En l'an XI, le Ministre de Saxe reparaît dans l'*Almanach National* et toujours rue Matignon; c'est alors le Comte de Bunau qui, en l'an XIII, passe rue de l'Université. Donc, de 1787 à 1804, c'est-à-dire pendant dix-huit ans, l'Électeur de Saxe a été le principal locataire de l'hôtel Breteuil. Il n'y a pas place pour Fersen au n° 17 de la rue Matignon.

*
* *

C'est dans la maison d'angle de l'ancienne rue Millet, que Fersen a préparé dans ses moindres détails la fuite vers Montmédy. Pour beaucoup de personnes, l'événement se résume dans la célèbre berline emportant la Famille royale. A la vérité l'entreprise était de bien autre envergure; il s'agissait de faire sortir de Paris 16 personnes, de l'argent, des papiers, des bijoux et des armes. Il est passionnant de suivre pas à pas, dans ces journées du 16 au 21 juin 1791, le metteur en scène qui inspire, commande et dispose, dans le décor qu'il a choisi, premiers rôles, comparses et accessoires. Et ces accessoires ne sont pas minces, ni faciles à manœuvrer : ce sont 8 voitures et 27 chevaux. Les écuries du faubourg abritaient 12 chevaux au moins et, sans compter la berline royale commandée et payée par une dame russe, 4 voitures appartenaient à Fersen.

Les allées et venues de tous ces véhicules gravitant autour de la rue Matignon, je vais tenter de les expliquer aussi clairement que possible. Je sais que l'erreur me guette, mais n'est-ce pas le meilleur stimulant de mon effort vers un peu plus de vérité? Le sujet est vaste, infini dans ses détails et terriblement embrouillé. Surtout il est étrange de constater combien ont été mal utilisées les dépositions recueillies par la commission d'enquête et publiées par Bimbenet. Cet auteur lui-même se met à chaque instant en contradiction flagrante avec les documents qu'il édite! Ses successeurs n'ont pas toujours été plus clairvoyants. La berline royale, notamment, a fait l'objet d'une méprise extraordinaire, inexplicable, chez le meilleur historien du drame de Varennes.

1. Chariot d'équipage. — Le 16 juin 1791, le sellier-carrossier Jean Louis, demeurant rue de la Planche, livre au Comte de Fersen un grand chariot d'équipage neuf, les quatre roues et le berceau de coutil peints en rouge, du prix de 446 livres, 10 sols. Le même jour, le valet de chambre de Fersen, nommé Louvet, s'entend avec le voiturier Roulance, domicilié rue de La Ville-L'Évêque n° 34, en face de la Vacherie suisse, pour mener le chariot à Valenciennes.

Le voiturier part le vendredi 17. Aux six chevaux fournis par les écuries de Fersen, il en ajoute deux autres lui appartenant. Le dimanche il est à Péronne. Dans cette ville il est rejoint par une dame Haquin, « laveuse de vaisselle chez M. de Fersen », qui lui remet, pour être chargée sur le chariot, une grande malle du poids de 400 livres, amenée en poste.

Roulance arrive à Valenciennes le mardi 21. Là, des soldats du Royal-Suédois ajoutent au chargement des tentes et leurs piquets, des housses de chevaux garnies d'or et d'argent. Le même jour, le voiturier quitte Valenciennes, passe la frontière et parvient à Quiévrain, ville d'Empire.

Que portait donc le chariot rouge pour exiger un attelage de huit chevaux? Des effets d'équipage, raconte Louvet. Disons des caisses d'armes pour l'armée de Bouillé et nous serons plus près de la vérité.

2. Voiture pour Péronne. — La lourde malle avait été portée à la diligence de Valenciennes le jeudi 16 juin, jour de départ. Pour une raison inconnue, poids ou plein de bagages, elle n'avait pas été enregistrée. Le lendemain, à la demande de Louvet, la dame Roulance fait prendre la malle aux messageries, et elle est transportée chez un carrossier de la rue de la Madeleine, au coin de la rue de Surène. Celui-ci la trouvant trop lourde pour ses voitures, le charretier de la dame Roulance va la rechercher à 7 heures 1/2 du soir, et la ramène rue Matignon.

Alors Fersen fait retenir un véhicule de voyage chez Coron, serrurier en voitures à la Pologne, à côté de l'ancienne caserne, puis deux chevaux de poste chez un loueur, et il désigne la dame Haquin, domestique à son service, pour rattraper le chariot rouge sur la route de Valenciennes. Et le samedi matin, à 9 heures, la voiture part emportant la dame Haquin et la malle. Elles arrivent le lendemain à Péronne où le voiturier Roulance prend possession du pré-

cieux colis. La dame Haquin retourne aussitôt à Paris et le sieur
Coron, venu rechercher sa voiture rue Matignon, reçoit dix écus.

Cette malle si pesante amenée de Paris à grands frais, que pou-
vait-elle contenir? Des effets oubliés, dit la dame Haquin. C'est possible, mais il est plus vraisemblable d'y voir de l'argent et les papiers
de Fersen.

3. BERLINE ROYALE. — Le Comte de Fersen comptait beaucoup
d'amis dans la colonie étrangère de Paris, des femmes surtout, car
il cachait « une âme brûlante sous une écorce de glace ». C'est
une de ses amies qui le juge ainsi, la Baronne Anna-Christine de
Korff, veuve d'un colonel russe tué en 1770 à la bataille de Bender.
Cette dame vivait à Paris avec sa mère, madame de Stegleman,
veuve d'un banquier de Pétersbourg. L'Almanach de Paris... pour
1787, publié par Lesclapart, les fait habiter toutes deux l'hôtel du
Comte de Parabère, sis quai Malaquais, au nº 5 actuel. Très dévouées
à la Famille royale, elles n'hésitèrent pas d'avancer 296000 livres
à Fersen, quand celui-ci organisa la fuite vers Montmédy.

La Baronne de Korff avait une sœur, Mᵐᵉ Sullivan, qui vivait
à Paris avec Quintin Craufurd, Écossais possesseur d'une grande
fortune gagnée au service de la Compagnie des Indes Orientales.
Craufurd et sa maîtresse — que d'ailleurs il épousa par la suite — aidè-
rent beaucoup Fersen avant et après le voyage de Varennes. Ils habi-
taient un bel hôtel de la rue de Clichy appartenant à Antoine-Louis
Rouillé d'Orfeuil, Maître des Requêtes, et fils de l'Intendant de
Champagne.

Le 20 juin 1791, l'hôtel Craufurd abrita la berline royale. Une
discussion s'est élevée entre M. Lenotre et M. Gustave Bord au
sujet de son emplacement, mais j'ai le regret de n'être d'accord ni
avec l'un, qui a mal interprété le guide de Watin, ni avec l'autre,
qui place la maison du bon côté mais beaucoup trop bas. Situé à
droite, en montant la rue de Clichy, cet hôtel offrait une superficie
de 2 072 toises et une façade de 17 toises. La lisière méridionale se
trouvait à 255 toises de l'angle des rues de Clichy et Saint-Lazare.
Il occupait donc l'emplacement des maisons portant aujourd'hui les
nᵒˢ 54 bis et 56 et d'une partie de la rue Nouvelle. La célèbre Prison
de la Dette s'élevait naguère en cet endroit même, la rue Nouvelle
en marque le milieu.

La Baronne de Korff quitta Paris le 17 juin 1791. Je trouve

Craufurd à Londres le 18 juin, à Bruxelles le 28, et Mme Sullivan à Mons le 22 juin. Les collaborateurs de Fersen n'étaient donc plus à Paris lors du départ de la Famille royale.

Le mercredi 22 décembre 1790, la Baronne de Korff fait venir chez elle, à l'hôtel de Parabère, le carrossier Jean Louis; elle lui commande « par commission » une berline de voyage à six places pour aller en Russie. Le surlendemain, Fersen se rend rue de la Planche. Il remet au carrossier l'échantillon choisi pour la doublure de la voiture et consent à ce qu'il utilise une caisse de berline, fabriquée avant la Révolution pour Mme de Polastron, et laissée pour compte. Jean Louis mobilise ses ouvriers et ses fournisseurs. Kenelle, maître-charron, faubourg Montmartre, construit le train ; Deslandes, serrurier, rue de Bourbon-Villeneuve, forge les ressorts et les ferrures ; Duchesne, bourrelier, rue des Saints-Pères, confectionne les soupentes ; Tonnellier, faubourg Montmartre, est chargé de la peinture. Fersen surveille et active le travail. Le 12 mars 1791, la voiture est finie, Mme de Korff vient la voir, exprime sa satisfaction, et le 26 mars elle paye le mémoire s'élevant à 5 944 livres.

Deux mois se passent. Enfin le départ du Roi est fixé aux premiers jours de juin. Le 4, à la demande de sa cliente, Jean Louis essaye la berline, lourdement chargée, sur la route de Châtillon. Le même jour, la baronne de Korff fait demander deux passeports pour Francfort par M. de Simolin. Ambassadeur de Russie, l'un pour elle, l'autre pour Mme de Stegleman, au total pour 6 personnes, 2 enfants et 5 laquais. Ces deux passeports sont destinés à la Famille royale, à Mmes de Tourzel, Brunier et Neuville, et aux trois gardes du corps. A deux laquais près, et cette latitude pourra servir, c'est bien le nombre des fugitifs qu'emporteront la berline royale et la chaise de poste des femmes de chambre.

La berline affectait la forme dite en gondole, avec sièges devant et derrière, suspension à ressorts et soupentes sur un train à quatre roues peint en jaune. Spacieuse, confortable et solidement construite, elle était cossue d'aspect mais nullement somptueuse. Elle pouvait contenir six personnes, huit au besoin, en utilisant le strapontin placé au milieu. Au dire de Choiseul, la caisse était « de couleur brune », alors qu'un témoin assure avoir vu le « fonds entre le gris et le noir ». L'intérieur de la voiture « renfermait tout ce qui pouvait dispenser d'en descendre » ; il était garni de coussins de maroquin vert, d'un filet, et de poches pour contenir les paquets. Sur l'impériale, deux grandes vaches abritaient les bagages. Au dos de la caisse se trouvaient deux cuisinières de tôle et une cantine de cuir à huit bouteilles. Enfin sous le siège du cocher, un coffre de secours contenait des outils et des pièces de rechange.

Le 18 juin, dans l'après-midi, le carrossier reçoit la visite de Fersen qui lui demande de livrer la berline et d'y joindre deux selles de poste à l'anglaise et deux fouets de courrier. Selles et fouets sont destinés à son cocher, qui sera le postillon jusqu'à Bondy, et au garde du corps Valory. Le lendemain dimanche, vers 9 heures du matin, Jean Louis conduit la berline rue Matignon par la rue du Bac et le Pont Royal. Choiseul est présent, et Fersen verse devant lui au carrossier une somme de 2 600 livres à valoir, non sur le mémoire de la berline réglé depuis longtemps par Mme de Korff, mais sur son compte personnel, plus le prix des selles et des fouets. Puis la voiture est menée aux remises du faubourg Saint-Honoré.

Le grand jour est arrivé, celui du départ, fixé au lundi 20 juin 1791. Entre 5 et 6 heures de l'après-midi, Balthazar Sapel, le cocher de Fersen, attelle deux chevaux à la berline et, par les rues Miromesnil et de la Pépinière, il la conduit à l'hôtel Craufurd, rue de Clichy. Il retourne ensuite avec ses deux chevaux au faubourg Saint-Honoré. Fersen était lui-même venu à l'hôtel Craufurd vers 5 heures 1/4 pour vérifier la présence de la voiture, mais elle n'était pas encore là, elle était en route. Il revient rue Matignon. A 7 heures il envoie Louvet, son valet de chambre, porter rue de Clichy, outre divers paquets et des victuailles, la selle de poste et un bridon à l'anglaise à l'usage du postillon. Aidé par Pierre Le Comte, le cocher de la voiture de louage qui l'a conduit, Louvet procède au chargement de la berline. Son maître n'était certainement pas présent, comme l'assure M. Lenotre. La voiture avait l'air fortement chargée, mais ce n'était qu'une apparence, raconte Choiseul, malles et cartons étaient vides. La vache ne contenait que le chapeau à bord d'or du roi.

Quelques minutes avant 8 heures, Fersen sort de chez lui accompagné de son chasseur portant un bridon. Il va retrouver Balthazar posté rue Marigny avec un vieux carrosse qu'il vient d'amener de chez le carrossier Jean Louis. Son maître lui remet le bridon et l'envoie prévenir un marchand de chevaux de la Petite rue Verte de tenir prêt le cheval de selle acheté par lui. La commission faite,

Balthazar regagne les écuries du faubourg, car il a l'ordre de conduire quatre chevaux à Valenciennes.

Peu après 9 heures 1/2, Fersen arrive aux écuries avec les gardes du corps Moustier et Valory. Les instructions données il les laisse avec Balthazar. Les trois hommes prennent en mains les quatre chevaux et se rendent chez le marchand de chevaux de la Petite rue Verte. Le cheval acheté par Fersen est prêt et Valory le monte; il est harnaché avec l'une des selles fournies par Jean Louis et le bridon qu'a déposé Balthazar. Ce dernier et Moustier montent à cru deux des chevaux pris à l'écurie, puis, dans le Paris qui s'endort, la petite troupe gagne l'hôtel Craufurd.

Là, les quatre chevaux sont attelés à la berline; Balthazar harnache l'un d'eux avec la selle et le bridon apportés par Louvet et l'on part : Balthazar en postillon, Moustier sur le siège, Valory escorte la voiture. La rue de Clichy montée, le mur d'enceinte franchi, la berline se dirige par le boulevard extérieur vers la Barrière Saint-Martin, à l'entrée de la route de Meaux, où elle arrive à minuit 1/2. Dix minutes après, Valory s'éloigne vers Bondy pour faire préparer le relais.

Longue attente pendant laquelle les deux hommes ne se disent pas une parole : l'un est sur son cheval, l'autre sur le siège. Enfin, à 2 heures du matin, arrive grand train le vieux carrosse transportant la Famille royale et que conduit Fersen transformé en cocher. Vite les voyageurs s'installent dans la berline, le garde du corps Maldent monte derrière, Fersen s'installe sur le siège à côté de Moustier. Devant eux, vers l'est, le ciel blanchit déjà. Un grand fouet à la main Fersen excite les chevaux et encourage Balthazar.

En une demi-heure on est à Bondy où six postiers et deux bidets sont préparés. « A Dieu, Madame Korff, » dit Fersen d'une voix qu'altère l'émotion... Il monte le cheval laissé par Valory et gagne Le Bourget. A la maison de poste de Claye, la berline retrouve la voiture des femmes de chambre. Il est 4 heures, le soleil est levé, et les fugitifs ne sont encore qu'à six lieues de la Barrière Saint-Martin !

Pour connaître le sort de la berline après le voyage de Varennes, le Comte de Reiset s'est adressé à M. de Klinckowstrom, l'éditeur des papiers de Fersen. Réponse : lors de la vente de son mobilier elle a été achetée par M. de Staël-Holstein, Ambassadeur de Suède à Paris. Avec la Duchesse de Fitz-James, c'est une autre histoire.

La berline est conservée, croit-elle, chez le Comte Charles-Émile Piper, descendant d'une sœur de Fersen, au château de Loïvester en Suède. Enfin, suivant une note de 1795, publiée dans l'*Annuaire de l'Aube* et citée par M. Lenotre, la berline serait tout bonnement devenue la diligence de Dijon. La première version témoigne d'une méconnaissance absolue du sujet, la seconde n'est pas plus vraisemblable, la dernière doit être vraie puisque simple et logique.

Bimbenet a édité parmi les pièces justificatives de son livre le *Mémoire du chariot de poste de M. le Comte de Fersen, livré le 16 juin 1791, par Louis, sellier à Paris, successeur du sieur Warin*. Ce mémoire se monte à 4 370 livres 10 sols; il est suivi d'un autre concernant le chariot d'équipage et des réparations faites à une chaise de poste. A la fin, Jean Louis reconnaît avoir reçu de Fersen, le 19 juin, un acompte de 2 600 livres sur l'ensemble. Le digne greffier n'a pas un instant d'hésitation; pour lui c'est bien là le mémoire détaillé de la berline royale, et il utilise ce document précis pour décrire la voiture. Il déplore même que le carrossier n'ait reçu qu'un acompte : « Mme de Korff, la Famille royale et M. de Fersen partirent sans que le mémoire fût entièrement acquitté. »

Or Bimbenet a publié dans le même ouvrage la déposition très claire de Jean Louis devant la commission d'enquête. Le carrossier est muet touchant les nombreuses fournitures faites à Fersen — et le fait est extrêmement curieux car elles avaient un rapport essentiel avec le voyage de Varennes — mais il est disert à l'égard de la Baronne de Korff. Que dit Jean Louis? C'est une berline de voyage qu'il a construite pour sa cliente; c'est un paiement intégral de 5 944 livres qu'il a reçu le 26 mars; c'est le 19 juin qu'il a livré cette berline chez M. de Fersen. Il n'y a donc aucune analogie dans la nature du véhicule, le prix, l'époque et le montant du paiement, la date de la livraison. Les détails fournis par le document ne concordent pas davantage avec les renseignements connus. Et je puis conclure : le mémoire est étranger à la berline royale; il concerne la chaise de poste commandée directement par Fersen et destinée aux femmes de chambre.

Comment le greffier de la Cour d'Orléans, habile à manier les textes, a-t-il pu se mettre en contradiction aussi flagrante avec les documents qu'il publie? Pourquoi en 1868, lors de la seconde édition de son livre paru dès 1844, n'a-t-il pas redressé de lui-même, ou par autrui, cette défaillance de sens critique? J'avoue ne pouvoir proposer aucune explication. ·

Le Comte de Reiset s'est appuyé sur le même document pour la reconstitution graphique qu'il a tentée de la voiture royale! Les planches de *L'Art du Menuisier-Carrossier* de Roubo fils, et les six Cahiers de diligences, berlines et cabriolets de Janel et Choffard, en apprennent bien davantage sur l'architecture des véhicules en usage à cette époque. Chaises de poste et berlines de voyage n'y sont pas confondues.

Enfin M. Lenotre lui-même voit dans le mémoire de Jean Louis « une description détaillée jusqu'à la minutie » de la fameuse berline. Non, la caisse n'était pas peinte en vert foncé; non, l'intérieur n'était pas tendu de velours d'Utrecht blanc; tous ces précisions sont entachées de nullité. J'ose espérer que M. Lenotre voudra bien se rendre à mes raisons : de telles verrues terniraient l'éclat de la trentième édition du *Drame de Varennes*.

4. DILIGENCE EN LOCATION. — Pour faire ses courses, Fersen fait retenir de bon matin, le 20 juin, une voiture de ville à deux chevaux, appelée diligence, chez François Le Bas, loueur de carrosses, rue des Champs-Élysées. A 8 heures, la voiture est à sa porte et le cocher Pierre Le Comte le conduit rue du Sentier, n° 19, aux bureaux du célèbre banquier Perregaux. Il y séjourne une heure et ce long temps donne à supposer qu'il ne fit pas qu'y prendre de l'argent, mais encore établir des lettres de change et s'entendre au sujet des sommes déposées à l'étranger. Puis il rentre rue Matignon et renvoie la voiture.

Dans l'après-midi, Fersen fait trois courses avec la même diligence, revenant rue Matignon après chacune d'elles. Dans les intervalles, l'équipage stationne à la porte.

A 1 heure, il se fait conduire rue du Bac, n° 96, à la Légation de Suède. Il n'y reste qu'un quart d'heure, juste le temps de prendre son passeport pour la Suède, demandé l'avant-veille par le Baron de Staël-Holstein à M. de Montmorin, Ministre des Affaires étrangères.

A 3 heures, c'est au château des Tuileries qu'il revient pour convenir avec le Roi et Marie-Antoinette des derniers préparatifs. « La Reine pleura beaucoup », note Fersen dans son *Journal*, au cours de ce suprême et dernier entretien qui dura près de trois quarts d'heure.

A 5 heures, il se rend rue de Clichy, n° 25, à l'hôtel de son ami Craufurd, pour s'assurer de la présence de la berline. Course inutile ; elle ne devait y arriver qu'une heure plus tard.

A 7 heures, c'est le valet de chambre Louvet qui prend la voiture pour porter différents paquets à l'hôtel Craufurd, notamment une selle de poste et des bridons à l'anglaise qu'il descend de l'appartement. Après avoir mis la dernière main au chargement de la berline, Louvet rentre rue Matignon, à 9 heures, et le cocher regagne la maison de son patron, heureux d'un petit écu pour boire.

Pour la journée du 20 juin, le *Journal* de Fersen consiste en des notes hâtives, écrites au crayon sur des feuillets volants et malheureusement incomplets. Il note qu'il a quitté la Reine à 6 heures et place à 7 heures sa visite rue de Clichy. Une confusion s'est produite dans son esprit surmené, car la déposition de Pierre Le Comte est formelle : c'est à 4 heures que Fersen sortit des Tuileries, c'est à 5 heures qu'il alla chez Craufurd.

5. CHAISE DE POSTE CHOISEUL-LÉONARD. — Le Duc de Choiseul-Stainville, colonel du Royal-Dragons, vint secrètement de Metz à Paris, le 11 juin 1791, envoyé par le Marquis de Bouillé, pour convenir avec la Famille royale des derniers détails du voyage. Mais ce fut surtout avec Fersen qu'il eut à s'entendre, à combiner les opérations militaires de Bouillé avec les préparatifs faits à Paris. A plusieurs reprises il se rencontra avec lui rue Matignon et dans le plus grand mystère.

On décida que Choiseul partirait en chaise, quelques heures avant la berline, pour observer la route et rejoindre le premier détachement de hussards de Lauzun posté à Pont-de-Somme-Vesle. Il devait emporter trois choses : d'abord le linge et les effets du Roi, notamment le bel habit rouge brodé d'or qu'il portait à Cherbourg ; ensuite le bâton de maréchal de France que Louis XVI destinait à Bouillé, et Choiseul prêta celui du défunt maréchal de Stainville, son beau-père ; enfin les diamants de Madame Élisabeth.

Dans le cabriolet de Choiseul une place était disponible. La prévoyance conseillait d'emmener Brunier, médecin des Enfants de France et mari de l'une des femmes de chambre ; la coquetterie proposait Léonard, valet de chambre-coiffeur de la reine. Ce fut la coquetterie qui l'emporta, et Léonard fit l'objet d'un véritable enlèvement.

Dans la matinée du 20 juin, Choiseul dépêche à Bondy un domestique à cheval pour retenir le relais de poste. A deux heures, Léonard se présente à l'hôtel Choiseul, sis rue d'Artois, aujourd'hui rue Laffitte, à l'angle gauche du boulevard. Il est porteur d'une lettre que la Reine vient de lui remettre; sur ses indications il a pris un chapeau rond couvrant les yeux, et passé une longue redingote par-dessus son habit; il promet d'obéir aveuglément à ses ordres. La chaise de poste est dans la cour, prête à partir. Choiseul y fait monter Léonard stupéfait, le valet de chambre Boucher accompagne le colonel et l'équipage gagne Bondy où le relais s'effectue. On dépasse Meaux à l'immense étonnement de Léonard, on couche à Montmirail sans qu'il sache encore toute la vérité. Les voyageurs sont à Châlons le 21 juin à 10 heures, à Pont-de-Somme-Vesle une heure après. Peu d'instants avant d'arriver Léonard éprouve une grande joie : il sait enfin le secret de sa randonnée.

Choiseul prend le commandement des 40 hussards amenés par Goguelat et le lieutenant Boudet. Mais la berline tarde, l'horaire est bouleversé, la population s'agite; à 4 heures le « trésor » n'est pas encore signalé. Alors Choiseul décide d'envoyer sa chaise en avant; Léonard et Boucher préviendront du retard les détachements placés sur la route et iront l'attendre à Stenay. Passé Varennes ils s'égarent, rebroussent chemin, et ils apprennent à Stenay l'arrestation du Roi et l'emprisonnement de Choiseul.

Après un séjour de trois mois à l'étranger où son frère aîné vint le rejoindre et le tirer d'embarras — c'est ce dernier qui l'affirme dans une pétition de 1817 — Léonard retourne à Paris. Jusqu'au 10 août il continue son service auprès de la reine, ensuite il vit à Versailles embusqué dans un emploi de l'armée. Cependant l'aventure de Varennes lui fut fatale : dénoncé, il périt sur l'échafaud le 7 thermidor an II (25 juillet 1794).

Les diamants de Madame Élisabeth avaient été remis par le Roi à Choiseul; il les garda avec lui à Pont-de-Somme-Vesle quand il dépêcha Léonard à Stenay. Mais lorsqu'avec les hussards de Lauzun il entra à Varennes, qu'il vit la Famille royale arrêtée, toute la ville ameutée, il jugea prudent de confier le précieux dépôt au lieutenant Boudet pour le remettre à Monsieur. La commission fut fidèlement remplie et Monsieur à son tour remit les joyaux au prince de Saxe, oncle de Madame Élisabeth, qui résidait à Coblentz. Léonard n'est pour rien dans cette affaire.

Quant aux diamants personnels de la Reine, l'honneur périlleux de les avoir portés à l'étranger ne revient pas davantage à Léonard, non plus qu'à l'abbé Louis, comme l'a avancé Bacourt. A une date et par une voie que j'ignore, ils parvinrent à Mercy-Argenteau, à Bruxelles, par l'entremise de Fersen. Celui-ci le dit expressément dans son *Journal* à la date du 7 novembre 1792. A mon sens il faut placer cet acte de prudence en 1791, peu de temps avant le voyage de Varennes, non au début de 1792 comme l'a écrit Mme Campan.

Je ne puis donc me ranger à l'opinion de M. Lenotre qui fait transporter à Léonard, dans le cabriolet de Choiseul, les diamants de la Reine, alors qu'il le montre au départ ignorant tout de sa prétendue mission. Et j'accepte moins encore l'insinuation abominable qu'il a peut-être disposé du dépôt pour échapper à l'échafaud. Sur ces points, et sur d'autres, c'est donner à son rôle de coiffeur précédant sa maîtresse sur la route de Montmédy, et de messager maladroit de Choiseul, une importance dramatique que l'étude attentive des textes ne justifie pas.

Une polémique très vive s'est engagée entre M. Lenotre et M. Gustave Bord, au sujet de l'identité du Léonard qui fit, bien malgré lui, le voyage de Varennes. Reprenant à son compte une affirmation romanesque d'Alfred Bégis, M. Lenotre prétend que le coiffeur de Marie-Antoinette — qu'il appelle d'abord Jean-François Autié, dit Léonard *(Le Drame de Varennes)*, puis Léonard Autié *(Vieilles maisons, Vieux papiers,* 4e série) — n'est pas mort sur l'échafaud le 7 thermidor an II, comme le dit l'acte de décès. Il soutient que Léonard a échappé au trépas, par un moyen « qu'il serait prodigieusement intéressant de connaître »; qu'il est passé en Russie, pour revenir à Paris en 1814 et y mourir « définitivement » le 24 mars 1820. La preuve, c'est que les *Souvenirs* de ce Léonard guillotiné, apocryphes il est vrai et publiés en 1838, ont provoqué la réclamation d'un neveu qui déclare n'avoir pas quitté son oncle depuis son retour de Russie. Pour M. Lenotre, la survivance ne fait point de doute.

Et M. Gustave Bord de répliquer : Jean-François Autié, dit Léonard, coiffeur de la Reine et acteur involontaire du drame de Varennes est bien mort guillotiné, l'acte de décès correspond à la réalité. C'est son frère aîné, Léonard-Alexis Autié, dit Léonard, le coiffeur de génie, celui dont le prénom devenu célèbre a fait des

Léonards des trois frères Autié, qui a émigré en Russie jusqu'en 1814, qui est mort à Paris en 1820. Quant aux *Souvenirs de Léonard*, ils ont la prétention de retracer la vie galante et mouvementée de Léonard Autié, et non pas celle parfaitement obscure, à part l'événement de Varennes, de François Autié. Ainsi la protestation du neveu — fils de Pierre Autié qui fut coiffeur de Madame Élisabeth — ne concerne plus un revenant. Selon M. Gustave Bord, la vérité consistait à dédoubler en deux frères le personnage unique inventé par Alfred Bégis et accepté sans contrôle par M. Lenotre.

Les trésors d'érudition prodigués par M. Gustave Bord, loin de concilier les deux adversaires, ont amené au contraire une réponse motivée où M. Lenotre maintient obstinément sa thèse du guillotiné bien portant. Cependant M. Gustave Bord a certainement raison, mais comme il est parvenu à la vérité par des voies indirectes, qu'on me permette d'exposer mon argument.

Quel titre, quelles fonctions reconnaissent à Léonard ceux qui l'ont vu sur la route de Varennes? Celui de *valet de chambre-coiffeur* de la Reine; le Duc de Choiseul, le sous-officier Aubriot, le Chevalier de Bouillé, le piqueur James Brisack sont d'accord pour le qualifier ainsi. Et Marie-Antoinette elle-même, dans la *Relation* de Choiseul, lui donne ce titre.

Or la Maison de la Reine, selon l'*Almanach de Versailles*, comprenait trois coiffeurs. Le premier avait seul rang de valet de chambre, il résidait à la Cour et portait le titre officiel et archaïque de *perruquier-baigneur-étuviste*. Cet emploi était tenu par M. *François Léonard*. Les deux autres étaient *coiffeurs par commission*, c'est-à-dire fournisseurs brevetés, mais non pas attachés au service exclusif de Marie-Antoinette et de son entourage. Ils se nommaient : M. *Hautier dit Léonard l'aîné*, et M. *Villanoué*.

Dès 1779, MM. *Hautier dit Léonard frères* étaient déjà tous deux coiffeurs par commission de la Reine. Léonard-Alexis Autié, dit *Léonard l'aîné*, se contenta de ce titre, qu'indique l'*Almanach de Versailles* de 1780 à 1790. C'est lui le coiffeur à la mode du boulevard d'Antin, le créateur du *Théâtre de Monsieur* aux Tuileries, l'associé du Duc de Montmorency-Laval et de Viotti pour la salle de spectacle de la rue Feydeau. Dans la curieuse pétition qu'il adressa à Louis XVIII en 1817, il explique que pour tirer son frère d'embarras, après Varennes, il dut le rejoindre à l'étranger. Il ajoute que lui-même s'enfuit de Paris après la journée du 20 juin 1792,

non sans avoir été contraint de céder son privilège théâtral. Le fait
est exact, car Fersen consigne son arrivée à Bruxelles, porteur d'une
lettre de la Reine, le 9 juillet 1792. Revenu à Paris en 1814, il
mourut le 24 mars 1820 et devint en 1838 le héros des *Souvenirs
de Léonard, coiffeur de la reine Marie-Antoinette.*

Quant à Jean-François Autié, dit *François Léonard,* il monta en
grade à la Cour, soutenu par la réputation de son aîné à la Ville.
Coiffeur par commission depuis 1779, il finança en 1783 la survivance de Jean-Remy Le Guay, valet de chambre de la reine et son
perruquier-baigneur-étuviste. A la mort de Le Guay, en 1788, il
devint seul titulaire de la charge.

Ainsi je puis conclure que le *valet de chambre-coiffeur* de Marie-
Antoinette qui demeurait aux Tuileries en 1791, que Choiseul enleva
le 20 juin, qui participa au voyage de Varennes, que son frère aîné
lui-même désigne comme ayant péri sur l'échafaud, s'appelait Jean-
François Autié dit Léonard. C'est bien lui qui est mort en 1794,
légalement et effectivement, par son acte de décès et de la main du
bourreau.

6. VIEUX CARROSSE FERSEN. — Après avoir conduit la berline rue
de Clichy, Balthazar Sapel revient avec les deux chevaux aux écuries
du faubourg Saint-Honoré, vers 6 heures et demie; ensuite, les harnais enlevés, il les mène rue de la Planche chez le carrossier Jean-
Louis. Là se trouvait remisé un vieux carrosse, assez grand pour
contenir six personnes et pourvu de harnais et de brides. C'était
une « vieille et antique voiture ressemblant à un fiacre », écrira plus
tard la Duchesse de Tourzel; « elle avait l'air d'un remise », dira-
t-elle aux commissaires, et même « d'un remise assez mauvais »
déposera Maldent, le garde du corps.

Cette guimbarde appartenait à Fersen, le fait est certain. Mais
faut-il y voir l'une de ses anciennes voitures, ou bien un carrosse
démodé acquis en vue de la fuite? Pour plusieurs raisons, vétusté,
dimensions et présence du harnachement complet, j'estime plus
vraisemblable la seconde hypothèse. Quoi qu'il en soit Balthazar
attelle ses deux chevaux, mène le véhicule rue de Marigny, et le
range contre l'hôtel de la Duchesse de Bourbon, aujourd'hui Palais
de l'Élysée. Il est 8 heures moins un quart, il fait encore grand jour.

Peu après arrive Fersen, accompagné de son chasseur. Il remet
un bridon à Balthazar et l'envoie chez un marchand de chevaux de

la Petite rue Verte. Le chasseur remplace le cocher et conduit son maître au château des Tuileries, où celui-ci dépose une lettre qu'il vient d'écrire à la Reine pour changer le rendez-vous des femmes de chambre. La voiture revient sur le quai, proche le Pont-Royal, et Fersen attend, appuyé au parapet, l'arrivée de Moustier et de Valory ; Maldent est resté chez le roi. A 8 heures trois quarts ils arrivent, portant des sacs de voyage et les trois hommes gagnent la rue Matignon. Le carrosse est laissé à proximité, à un endroit que je ne puis préciser.

Après avoir instruit les gardes du corps, Fersen les fait partir avec l'attelage de la berline, puis il veille au départ de la chaise de poste des femmes de chambre. Il est 10 heures et quart, lui-même s'éloigne pour aller retrouver le vieux carrosse. Jamais plus il ne reverra son logis de la rue Matignon ! L'équipage, toujours conduit par le chasseur, retourne aux Tuileries, entre dans la Cour des Princes et s'arrête devant la porte de l'appartement vacant du Duc de Ville-quier où nul factionnaire ne veille.

Fersen pénètre dans le château. Il reparaît à 11 heures et quart conduisant par la main le Dauphin habillé en petite fille ; Mme de Tourzel suit, tenant Madame Royale aussi par la main. Aidés par le cocher, tous quatre montent dans le carrosse qui, par le quai, gagne la place Louis XV, tourne par la rue Saint-Honoré, s'engage à droite dans la rue de l'Échelle et s'arrête sur la place du Petit-Carrousel non loin d'une maison meublée, l'hôtel de Gaillarbois. Pour tromper l'attente — une attente de trois quarts d'heure — le cocher descend de son siège, fait les cent pas, examine ses chevaux. Ce cocher, c'est Fersen lui-même, jouant parfaitement son rôle. C'est donc qu'en cours de route, en un coin désert de la place Louis XV, il a troqué avec son domestique, redingote, chapeau et fouet. Le défaut de place lui commandait cette transformation : trois personnes sont déjà dans la voiture, et quatre autres sont attendues.

Madame Élisabeth arrive la première au rendez-vous ; elle est seule, mais l'un de ses écuyers, M. de Saint-Pardoux, l'a fait sortir des Tuileries. Le Roi se présente à son tour, suivi de Maldent, le garde du corps, qui monte derrière la voiture. Enfin voici la Reine, guidée par un inconnu — M. de ***, dit Fersen dans son *Journal* — et guidée de façon bien maladroite, puisqu'il a dû demander son chemin à une sentinelle. Il est minuit passé, le retard est grand déjà sur l'horaire prévu, le cocher improvisé enlève son attelage.

Par les rues Sainte-Anne et Grammont, le Boulevard et la Chaussée
d'Antin, Fersen gagne la rue de Clichy. Devant l'hôtel Craufurd il
s'arrête un instant pour s'informer si la berline est bien partie, ce
qui permet aux chevaux de souffler dans la rude montée. Puis il
sort de Paris par la Barrière de Clichy, refaisant à dessein le parcours
qu'il avait indiqué pour conduire la berline au rendez-vous. Prenant
à droite le boulevard extérieur au mur d'enceinte, il roule à bonne
allure vers la Barrière Saint-Martin, contourne la rotonde de la
Ferme et amorce à gauche la route de Meaux. La berline est là,
qui attend, gardée par Balthazar et Moustier, silencieux. Les voyageurs passent d'une voiture dans l'autre. Quant au vieux carrosse,
après l'avoir tourné vers Paris, on le fait verser à demi dans le fossé
et abattre un cheval, pour faire croire à un accident et justifier son
abandon. Il est 2 heures du matin et l'aube s'annonce.

Bimbenet raconte que le vieux carrosse fut loué et qu'il demeura
chez Fersen durant toute la journée du 20 juin. Il prétend aussi que
ce dernier conduisant la famille royale à la Barrière Saint-Martin,
passa rue Matignon avant de s'arrêter rue de Clichy. Ces trois affir-
mations sont gratuites.

Au cours de sa *Relation*, Madame Royale assure que le carrosse
attendait au milieu de la Cour des Princes, et que sa mère la
conduisit jusque-là, « ce qui était beaucoup s'exposer ». Il est naturel
que le sentiment du danger couru s'amplifie dans les souvenirs d'une
enfant de douze ans. A la vérité, la voiture n'était pas placée au
centre de la cour, mais au milieu de la façade, devant les marches
donnant accès à l'appartement Villequier. Si la reine accompagna
ses enfants, ce fut seulement jusqu'au perron et sans danger pour elle.

Sur plusieurs autres points, je suis étonné de n'être pas d'accord
avec M. Lenotre, puisque nous avons puisé aux mêmes documents.
Pourquoi la « vieille voiture appartenant à M. le Comte de Fersen »,
ainsi que la désigne le cocher Balthazar, devient-elle sous sa plume
une « citadine de louage »? Pourquoi fait-il arriver cette citadine
aux Tuileries dès 9 heures, alors qu'un peu plus loin il montre
Fersen chez lui à 10 heures, occupé à faire partir la chaise de poste
des femmes de chambre?

M. Lenotre a-t-il eu raison d'adopter l'opinion des auteurs qui
l'ont précédé et de transformer Fersen en cocher dès la rue Matignon? Il le fait pénétrer dans le château, et ramener le Dauphin, en

costume d'automédon. Qui donc alors gardait la voiture et surveillait les chevaux dans la Cour des Princes? Pourtant la déposition de Mme de Tourzel est positive, elle parle de deux personnes : le guide soi-disant inconnu, qui était Fersen, et le cocher, qui était son chasseur.

Enfin pourquoi le carrosse ne serait-il pas sorti de Paris par la Barrière de Clichy, tout comme la berline, comme le veut la raison et comme le disent Balthazar Sapel, la Duchesse de Tourzel et le Duc de Choiseul?

7. CHAISE DE POSTE DES FEMMES DE CHAMBRE. — Fersen avait commandé à Jean Louis, le carrossier de la rue de la Planche, une chaise de poste à laquelle il fit ajouter de nombreuses commodités. Elle fut livrée le jeudi 16 juin. Cette chaise était à quatre roues, train à flèche et ressorts à l'anglaise; la caisse, en forme de cabriolet, était doublée de velours d'Utrecht blanc. Le haut de la caisse était noir, les panneaux verts avec rechampis noirs, et le train couleur citron. Elle comportait un siège devant et derrière, deux lanternes à réverbère, une vache sur l'impériale et une cantine pour six bouteilles. Le mémoire s'élevait à 4 370 livres, 10 sols et, le 19 juin, Fersen verse à Jean Louis un à-compte de 2 600 livres.

Il est probable que cette voiture fut remisée dans les écuries du faubourg, mais, dans la soirée du 20 juin, elle était préparée dans la cour de la rue Matignon. Ce jour-là, vers 2 heures, Fersen fait commander chez François Le Bas, loueur de carrosses rue des Champs-Élysées, trois chevaux et un postillon pour aller à Claye dans la soirée. Le prix est fait à 24 livres avec les harnais. Pierre Le Bas, postillon et neveu du loueur, conduit les chevaux à 9 heures un quart rue Matignon. Un « particulier », bientôt rejoint par deux autres avec lesquels il converse dans la cour, le prie d'attendre. Fersen arrive à 10 heures venant de ses écuries, il fait atteler les chevaux à la chaise et donne l'ordre de la mener sur le quai, vis-à-vis les bains Poitevin, proche le Pont Royal. Deux des particuliers montent dedans, le troisième derrière et Pierre Le Bas la conduit au quai d'Orsay. Les trois hommes s'éloignent vers la rue du Bac, disant qu'ils vont boire le rogomme; le postillon attend.

A la descente du Pont Royal, le quai d'Orsay n'était pas à l'époque une berge comme le prétend M. Lenotre, et comme le dément le plan qu'il publie, mais un beau quai de pierre de taille garni d'escaliers pour descendre au rivage. L'endroit où stationnait la chaise se trouvait au pied de la terrasse de l'hôtel Choiseul-Praslin, à deux pas du Bureau des voitures de la Cour, et en face d'un établissement de bains chauds installés sur la rivière. Ces bains étaient réservés aux pauvres gens et ne doivent pas être confondus avec d'autres, mieux achalandés, appartenant également à Guignard successeur de Poitevin, et situés en aval et du même côté près du pont Louis XVI. L'emplacement où le postillon faisait les cent pas se trouve aujourd'hui au droit de la Caisse des Dépôts et Consignations.

Vers 11 heures et demie, deux dames arrivent à pied conduites par l'inconnu qui les a fait sortir des Tuileries. L'une est Mme de Neuville, première femme de chambre du Dauphin, l'autre Mme de Brunier, première femme de chambre de Madame. Elles montent dans la chaise, indiquent Claye comme lieu de destination et l'inconnu disparaît. Le rendez-vous assigné à ces dames avait été modifié au dernier moment; le fait est révélé par le *Journal* de Fersen : « A 8 heures j'écrivis à la Reine pour changer le rendez-vous des femmes de chambre et les bien instruire pour me faire dire l'heure exacte par les gardes du corps. »

La voiture arrive à Claye vers 2 heures et demie du matin, le mardi 21 juin, la berline royale la rejoint une heure et demie après. A partir de ce moment la chaise des femmes de chambre voyage de conserve avec la berline, la précédant à l'aller, la suivant au retour de Varennes.

Bimbenet, qui a eu toutes les pièces de l'enquête entre les mains, raconte que le matin du 20 juin, à 7 heures et demie, Fersen « alla chez le carrossier chercher la voiture qui devait emmener Mmes Brunier et Neuville. » Il invente de toutes pièces, le digne greffier de la Cour d'Orléans. Pourtant il a édité parmi les pièces justificatives de son livre, le *Mémoire du chariot de poste de M. le Comte de Fersen livré le 16 juin 1791 par Louis, sellier à Paris;* mais il ne s'est pas aperçu que cette voiture était précisément celle destinée aux femmes de chambre. Par suite d'une confusion inexplicable il y reconnaît la berline royale; j'ai fait état de cette grave erreur en traitant de la berline, erreur acceptée par M. Lenotre luimême.

Cependant il est un point obscur dans l'équipée de la chaise de poste des femmes de chambre. Qui sont ces trois personnages qui y montent rue Matignon, à 10 heures du soir, puis disparaissent vers la rue du Bac? Ce ne sont certainement pas les trois gardes du corps qui, au même temps, jouaient leur rôle en d'autres lieux. Mais à coup sûr ce sont aussi des acteurs de l'évasion. Tout bien pesé, je crois qu'il faut y reconnaître les trois personnes qui guidèrent hors les Tuileries les dames Brunier et Neuville, Madame Élisabeth et la Reine.

Voici comment je reconstitue la scène, dans la soirée du 20 juin, rue Matignon. A 9 heures, Fersen rentre avec les deux gardes du corps, laissant la vieille voiture à proximité. Il retrouve chez lui les trois inconnus auxquels il donne les dernières instructions pour la nuit. A l'arrivée des chevaux, l'un descend dans la cour et fait patienter le postillon. Les deux autres le rejoignent peu après et disent que « Monsieur » n'est pas rentré. En effet il vient de sortir, conduisant les gardes du corps à ses écuries. Fersen revient à 10 heures, fait atteler, et la chaise part emportant les trois hommes.

Plusieurs indices me portent à croire que l'un d'eux doit être Louvet, le propre valet de chambre de Fersen, celui que nous avons vu présider au départ du chariot rouge et de la malle pesante, et charger la berline rue de Clichy. Il avait la confiance de son maître qui lui faisait recopier parfois ses lettres confidentielles ; il avait aussi ses entrées aux Tuileries, puisque celui-ci note dans son *Journal*, à la date du 20 octobre 1791 : « M. Louvet a vu la Reine qui l'a fait venir pour lui parler de mes affaires. » L'inconnu qui descend le premier dans la cour, monte derrière la chaise, puis conduit les dames Brunier et Neuville au quai d'Orsay n'est autre, à mon avis, que le dévoué valet de chambre de Fersen.

Les deux autres « particuliers » seraient alors M. de Saint-Pardoux et M. de ***, guides respectifs de Madame Élisabeth et de la Reine.

8. CHAISE DE POSTE FERSEN. — Le vendredi 17 juin, Fersen était allé à Bondy et au Bourget, premiers relais de poste sur les routes de Metz et de Maubeuge, évidemment pour reconnaître les lieux en vue du départ. De son côté, le carrossier Jean Louis ajoutait au mémoire de son client le détail de la mise en état d'une « chaise sur quatre roues, doublée en callemande verte ». Le charron a fourni une note de 22 livres, lui-même a réparé les trois glaces, huilé tous les cuirs, ajusté les soupentes, fait des raccords de peinture au train

40

et aux roues; l'ensemble de ces réparations s'élève à 36 livres, 10 sols.

Cette voiture, c'est la chaise de poste habituelle de Fersen, celle qui fit si souvent le voyage de Valenciennes et avec laquelle il rejoindra la famille royale. Le 14 juin, il a prié Bouillé de lui trouver une chambre à Montmédy. J'ignore quand et comment cette voiture est sortie de Paris. Fersen dit bien dans son *Journal* sous la date du 20 juin : « rentré, faire partir ma chaise », et le fait se place entre 9 et 10 heures du soir, mais la mention peut s'appliquer également au départ de sa chaise neuve, destinée aux femmes de chambre, et qu'il utilisera plus tard. Quoi qu'il en soit, sa vieille voiture se trouvait certainement à la maison du maître de poste du Bourget dans la nuit du 20 au 21 juin.

A 2 heures et demie, la berline arrive à Bondy où le relais s'effectue. Fersen descend du siège, échange un bref adieu, et abandonne les voyageurs à leur destinée. Il enfourche le cheval que montait Valory et se dirige vers Le Bourget, à 5 kilomètres de là, par le chemin de traverse passant à Drancy. En une demi-heure il est au Bourget, trouve sa chaise et prend la poste. Par Le Cateau, Le Quesnoy, Mons et Namur il gagne Arlon, où il arrive le 23 à 11 heures du soir. « Trouvé Bouillé; su que le Roi était pris », a-t-il écrit sur son carnet. Zèle, espoir, amour, tout s'effondrait dans ces huit mots, terrifiants de laconisme.

*
* *

A bien étudier le drame de Varennes, deux convictions s'imposent : la cause principale de l'échec réside dans l'indolence de Louis XVI, engourdi par ses illusions sur l'esprit des populations; de plus, et à n'en pas douter, la présence d'un homme tel que Fersen, audacieux et clairvoyant, eût amené la réussite. Avec lui, malgré les maladresses, malgré les retards, malgré les incidents, la berline eût passé. Il était opposé au choix des gardes du corps, qui se montrèrent en effet parfaitement inutiles et encombrants, ainsi qu'aux précautions militaires : « Tout doit dépendre de la célérité et du secret », écrivait-il au Marquis de Bouillé le 26 mai 1791. Mais les deux raisons de l'échec se confondent en une seule, attendu que Fersen eût été du voyage si le Roi ne s'y était pas opposé au dernier moment. La responsabilité de Louis XVI demeure entière, éclatante.

Sur ce point capital la vérité est connue, grâce au document qu'a publié Geffroy et qui montre, par surcroît, le rôle important qui revient à Gustave III dans l'évasion de la Famille royale. C'est un billet officiel que Fersen adressa, dès le 4 avril 1791, à son ami le Baron de Taube :

> Il serait à propos que, pour accompagner le Roi de France, je prisse l'uniforme suédois. Demandez à Sa Majesté si elle permet que je porte en cette circonstance l'uniforme de ses dragons, que j'ai depuis longtemps ici. Je n'ai pas avec moi d'uniforme de la Garde, et je n'ose en commander un dans ce moment; mais je le ferai faire et le porterai dès que je serai sorti de la ville.

On sait que le départ de Paris avait été d'abord fixé aux premiers jours de juin. Or, que lit-on dans une lettre du 29 mai, écrite au dernier moment par Fersen au Marquis de Bouillé : « Je n'accompagnerai pas le Roi, il n'a pas voulu. »

ALBERT VUAFLART.

RÉFÉRENCES

Adjudication sur licitation, le 26 novembre 1785, à Thierry père et fils, de la maison faisant l'angle de la rue Matignon et du faubourg Saint-Honoré. — Archives Nationales, Châtelet, Y 2936, 128 feuillets.

WATIN, *État actuel de Paris. Quartier du Louvre*, Paris, 1789, in-32.

Sommier des Rentes Nationales, 1790. Archives Nationales, Q²* 198-200. Ces précieux registres m'ont été indiqués par M. Gaston Capon, archiviste consciencieux et perspicace. Comme ils fournissent le nom des propriétaires et le toisé des façades de tous les immeubles de Paris, ils permettent de retrouver l'emplacement exact des maisons du XVIIIᵉ siècle.

Almanach de Paris, puis *Almanach des demeures des ci-devant nobles*, Paris, Lesclapart, in-12, Années 1790, 1791, 1792.

Déclarations censuelles concernant la rue Matignon, 1789-1792. Archives Nationales. Q²* 216.

COMTE DE VALORI, *Précis historique du voyage entrepris par S. M. Louis XVI, le 21 juin 1791...* Paris, 1815, in-8°.

COMTE DE MOUSTIER. *Relation du voyage de S. M. Louis XVI...* Paris, 1815, in-8°.

MARIE-THÉRÈSE-CHARLOTTE DE FRANCE, S. A. R. Madame la Duchesse d'Angoulême, *Relation du voyage de Varennes*, dans les *Mémoires de Weber...* Paris, 1822, 2 vol. in-8°.

]M. DE FONTANGES, Archevêque de Toulouse?] *Relation du voyage de Varennes, adressée par un prélat*, dans les *Mémoires de Weber*, 1822.

DUC DE CHOISEUL, *Relation du départ de Louis XVI...* Paris, 1822. in-8°.

BARON DE GOGUELAT, *Mémoire*, Paris, 1823, in-8°.

MARQUIS DE BOUILLÉ (comte Louis). *Mémoire sur l'affaire de Varennes...* Paris, 1823, in-8°. Les *Souvenirs* du marquis de Bouillé, publiés en 1906, sont mentionnés plus loin.

Souvenirs de Léonard, coiffeur de la Reine Marie-Antoinette, Paris, 1838, 4 vol. in-8°. Mémoires apocryphes attribués à Lamothe-Langon. En tête du 3ᵉ vol., réponse à la protestation du neveu de Léonard.

AUTIER (Joseph-Clair-Auguste), coiffeur, 10, rue Belle-Chasse et neveu de Léonard. Protestation contre les appréciations portées sur Marie-Antoinette dans les *Souvenirs de Léonard. La Quotidienne*, 16 mai 1838.

EUGÈNE BIMBENET. *Relation fidèle de la fuite du Roi Louis XVI...* Paris, Dentu, 1844, in-8°. Une seule pièce justificative : le mémoire du *chariot de poste* livré au comte de Fersen, le 16 juin 1791. L'auteur y reconnaît la berline royale, alors qu'il s'agit de la chaise de poste des femmes de chambre. La deuxième édition, parue en 1868, est indiquée plus loin.

FÉLIX et LOUIS LAZARE, *Dictionnaire administratif et historique des rues et monuments de Paris*, Paris, 1855, in-4°.

ANCELON, *La vérité sur la fuite... de Louis XVI à Varennes*, Paris, 1866, in-8°. « Le plus précieux de nos documents — écrit l'auteur — est le manuscrit authentique d'un témoin oculaire dont malheureusement il ne nous est pas permis de révéler le nom. » Le manuscrit est, à n'en pas douter, celui de la Duchesse de Tourzel, publié en 1883 par le Duc des Cars.

A. GEFFROY, *Gustave III et la Cour de France*, Paris, 1867, 2 vol. in-8°.

FEUILLET DE CONCHES, *Correspondance de Madame Élisabeth de France*, publiée sur les *originaux autographes...* Paris, 1868, in-8°.

EUGÈNE BIMBENET, *Fuite de Louis XVI à Varennes...* 2ᵉ édition, Paris, Didier, 1868. in-8°. Dans cette nouvelle édition, le texte de l'auteur passe au second plan. Tout l'intérêt du volume réside dans les pièces justificatives publiées en grand nombre et *in extenso*. La première édition, publiée en 1844, est mentionnée plus haut.

BARON R. M. DE KLINCKOWSTRÖM, *Le Comte de Fersen et la Cour de France; extraits des papiers* [et du *Journal*] du... *Comte Jean-Axel de Fersen*, Paris, 1878, 2 vol. in-8°.

DUCHESSE DE TOURZEL, gouvernante des Enfants de France. *Mémoires, pendant les années 1789, 1790, 1791, 1792, 1793, 1795*, publiés par le Duc des Cars, Paris, 1883, 2 vol. in-8°.

COMTE DE REISET, *Modes et usages au temps de Marie-Antoinette. Livre-Journal de Madame Eloffe*, Paris, 1885. 2 vol. in-8°.

ALFRED BÉGIS, Notice biographique sur Jean-François Autié, dit Léonard, *Intermédiaire des Chercheurs et Curieux*, 10 juillet 1890.

Duchesse de Fitz-James, *Marie-Antoinette et le Comte de Fersen*, dans la *Vie Contemporaine*, octobre 1894.

G. Lenotre, *Le Comte Axel de Fersen*, dans le *Temps* du 25 octobre 1902.

Marquis de Rochegude, *Guide pratique à travers le Vieux-Paris*, Paris, 1903, in-12.

L.-Henry Lecomte, Requête de Léonard Autié à Louis XVIII, 3 décembre 1817, *Intermédiaire des Chercheurs et Curieux*, 30 octobre 1905.

G. Lenotre, *Le Drame de Varennes*, Paris, 1905, in-8 carré.

Marquis de Bouillé (Louis-Joseph-Amour, 1769-1812). *Souvenirs et fragments pour servir aux mémoires de ma vie et de mon temps*, publiés par P.-L. de Kermaingant. Paris, 1906, 3 vol. in-8°. Le *Mémoire sur l'affaire de Varennes*, publié par le marquis de Bouillé en 1823, est mentionné plus haut.

Gustave Bord, *La fin de deux légendes : l'Affaire Léonard, le Baron de Batz*, Paris, 1909, in-8°. Argumentation de M. Gustave Bord contre M. Lenotre touchant l'identité du Léonard de Varennes, et réimpression des articles de polémique parus dans les journaux.

Princesse Schakovskoy-Strechneff. *Le Comte de Fersen...*, Paris, 1910, in-18.

Georges Cain, *L'Hôtel de M. de Fersen*, dans *Historia* du 5 décembre 1912, et dans *Le long des Rues*, du même auteur, Paris, s. d. [1912], in-8° carré.

Paul Jarry, *L'Hôtel Fersen*. Bulletin de la *Société Historique et Archéologique des VIIIe et XVIIe arrondissements de Paris*, janvier-juin 1914.

G. Lenotre, *Paris Révolutionnaire. Vieilles maisons. Vieux papiers. Quatrième série*. Paris, 1914, in-8° carré. Dans l'Introduction, M. Lenotre répond à M. Gustave Bord et maintient sa thèse de la survie de Léonard.